KB199259

_____ 님께

_____ 드림

글벗시선 222 최봉희의 여덟 번째 시조집
- 축시와 헌시 모음집

사랑꽃

최 봉 희 지음

도서출판 글벗

사랑꽃으로

어느덧 삼십칠 년
나눔과 사랑으로

가슴에 담은 축시
마음에 담은 헌시

갈맷빛
사랑꽃으로
다시 피는 그 사랑

2025년 4월 저자 최봉희

차 례

■ 시인의 말
  사랑꽃으로 · 5

제1부 꽃처럼 나무처럼

  행복을 꽃 피우라 · 11
  꽃처럼 나무처럼 · 13
  해 뜨는 맑은 사랑 · 15
  소중한 이름으로 · 17
  꽃처럼 샘처럼 · 19
  당신의 뜻 큰 사랑 · 21
  우아한 웃음처럼 사랑의 언어처럼 · 23
  해맑은 웃음처럼 빛나는 사랑처럼 · 25
  사랑과 봉사의 역사가 되어 · 27
  사랑을 위하여 · 28
  당신의 큰 뜻을 기억하며 · 30
  참교육자 어머니 · 31
  천년의 사랑으로 · 33
  마주 보는 행복 · 35
  보랏빛 장미처럼 · 37
  행복한 추억으로 · 39

제2부 빛난 웃음 멋진 사람

한마음 사랑으로 · 43

한마음 큰 걸음으로 · 45

빛난 웃음 멋진 사람 · 47

견우직녀의 사랑으로 · 49

푸른빛 사랑으로 · 51

천년의 사랑처럼 · 53

열매달의 사랑처럼 · 55

RCY 꿈과 희망을 심다 · 57

함께 한 70년 함께 가자 RCY · 59

무지갯빛 사랑으로 · 61

들봄의 사랑처럼 · 63

영원한 햇살처럼 · 65

눈부신 사랑으로 · 66

함께 가는 길 · 68

푸른 꿈 날개 펴듯 · 69

제3부 행복한 사랑으로

동행 · 73

행복꽃 · 75

일월의 사랑 · 77

행복의 시를 쓰라 · 79

행복한 꽃망울처럼 · 81

당신은 사랑입니다 · 83

영원한 축복 · 85

영원한 사랑 · 87

행복한 사랑으로 · 89

오월의 사랑처럼 · 91

꽃보다 더욱 고운 사랑 · 93

사랑꽃 · 95

제1부

꽃처럼 나무처럼

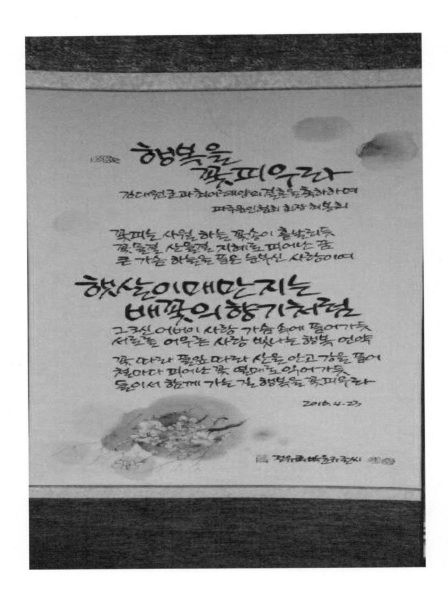

행복을
꽃피워라

경대원군과 허어 해양의 결혼을 축하하여
파주용인청회 회장 허복희

꽃피는 사월 하늘 꽃송이 흩날리듯
꽃물결 산물결 지혜로 피어나는 꿈
큰 가슴 하늘을 품은 늘푸른 사랑이여

햇살이 매만지는
배꽃의 향기처럼

그리신 어버이 사랑 가슴 속에 품어가듯
서로를 어우른 사랑 빛나는 행복 언약

꽃 따라 꿈을 따라 산을 안고 강을 품어
철마다 피어난 꽃 열매도 익어가듯
둘이서 함께 가는 길 행복을 꽃피워라

2010. 4. 23

청유 박홍자 축시

행복을 꽃피우라
- 김대원 군과 최이례 양의 결혼을 축하하며

꽃 피는 사월 하늘 꽃송이 흩날리듯
꽃물결 산물결 지혜로 피어난 꿈
큰 가슴 하늘을 품은 눈부신 사랑이여

햇살이 매만지는 배꽃의 향기처럼
그 크신 어버이 사랑 가슴 속에 품어가듯
서로를 어우른 사랑 빛나는 행복 언약

꽃 따라 풀잎 따라 산을 안고 강을 품어
철마다 피어난 꽃 열매로 익어가듯
둘이서 함께 가는 길 행복을 꽃피우라

- 2016. 04. 23

12_ 사랑꽃 4

꽃처럼 나무처럼

- 김동욱 군과 백예나 양의 화혼을 축하하며

서로의 이름 불러
희망을 만난 오월
꽃처럼 나무처럼
한 마음 사랑으로
서로가 아름다운 꿈
행복한 꽃 피었네

애틋한 마음으로
사랑을 표현하라
빛나는 웃음으로
행복을 펼쳐보라
둘이서 행복한 사랑
아름다운 이름 되라

- 2017. 05. 13. 시조시인 최봉희 쓰다

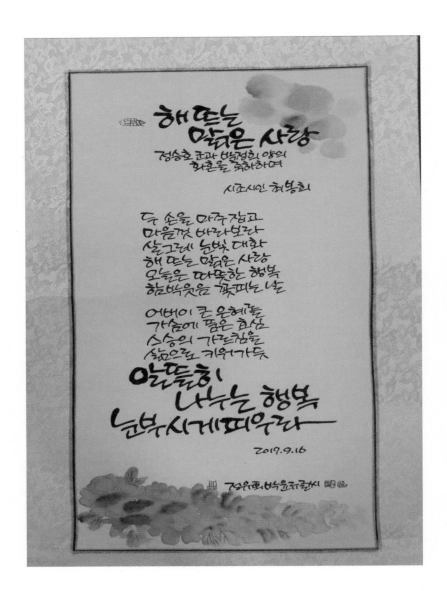

해 뜨는 맑은 사랑

- 정승호 군과 박정희 양의 화혼을 축하하며

두 손을 마주 잡고
마음껏 바라보라
살그래 눈빛 대화
해 뜨는 맑은 사랑
오늘은 따뜻한 행복
함박 웃음 꽃피는 날

어버이 큰 은혜를
가슴에 새기면서
스승의 가르침을
삶으로 키운 사랑
알뜰히 나누는 행복
눈부시게 피우라

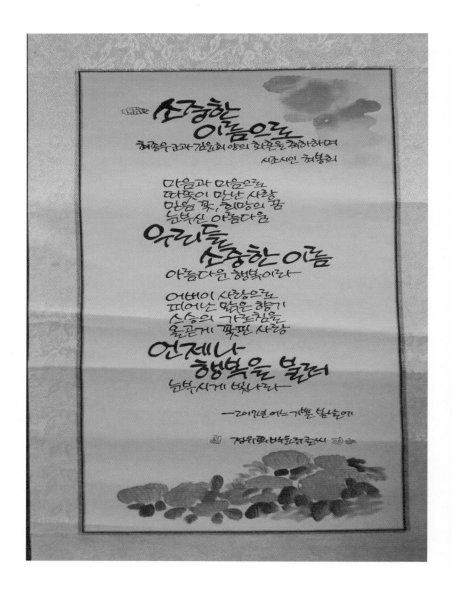

소중한 이름으로

– 최종우 군과 김윤희 양의 화혼을 축하하여

마음과 마음으로
따뜻이 만난 사랑
믿음 꽃 희망의 꿈
눈부신 아름다움
우리들 소중한 이름
아름다운 행복이라

어버이 사랑으로
피어난 맑은 향기
스승의 가르침을
올곧게 꽃핀 사랑
언제나 행복을 불러
눈부시게 빛나라

– 2017년 어느 기쁜 봄날에

꽃처럼 샘처럼
- 김정현 교장선생님의
정년퇴임을 기리며

시조시인 금벗 최병희

올곧게 행동하고
더 깊이 생각하며
더불어 봉사하며
행복한 교육꿈꿔~
한평생 스승의 빛
행복 가득 큰 사랑

해맑은 웃음 가득
샘처럼 솟아나요
두 손을 마주 잡고
꽃처럼 아름답게
당신의 영원한 스승
아름다운 빛이어라~

사랑과 봉사의 꿈
오롯한 실천으로
이제는 당신의 뜻
가슴에 담습니다.
영원히 기억할게요
아름다운 꽃처럼

18_ 사랑꽃 4

꽃처럼 샘처럼

- 김정현 교장 선생님의 정년 퇴임을 기리며

올곧게 행동하고
더 깊이 생각하라
더불어 봉사하며
행복한 꿈을 꿔라
한 평생 스승의 빛
행복 가득 큰 사랑

해맑은 웃음 가득
샘처럼 솟아나요
두 손을 마주잡고
꽃처럼 아름답게
당신은 영원한 스승
아름다운 빛이라

사랑과 봉사의 꿈
오롯한 실천으로
이제는 당신의 뜻
가슴에 담습니다
영원히 기억할게요
아름다운 꽃처럼

당신의 뜻 큰 사랑

– 나상배 교장 선생님 정년 퇴임을 기리며

무수히 빛난 별이
어둠을 밝히듯이
오롯이 묵묵하게
지켜온 스승의 길
그 마음 감사합니다
삽십 이년 큰 사랑

세상을 행복하게
꿈을 품고 도전하듯
사랑과 봉사로써
열정을 다한 헌신
그 사랑 고맙습니다
기억해요 그 마음

교정엔 밝은 미소
큰 행복 있었지요
그 사랑 추억해요
따뜻했던 그 마음
언제나 축복합니다
당신 앞길 빛나소서

우아한 웃음처럼 사랑의 언어처럼

- 성의숙 선생님의 명예퇴임을 기리며

한마음 사랑으로
올곧게 걸어온 길
마흔 해 지킨 열정
빛나는 사랑의 길
믿음과 헌신의 걸음
아름다운 가르침

오롯이 지킨 마음
우아한 웃음처럼
그대의 흔적 따라
미래의 꿈을 걷다
소중한 성장의 숨결
희망나무 자란다

열정과 성실의 혼
오롯이 나아가듯
이제는 당신의 뜻
가슴에 새깁니다
오롯이 기억할게요
당신의 뜻 그 사랑
- 2024년 2월에

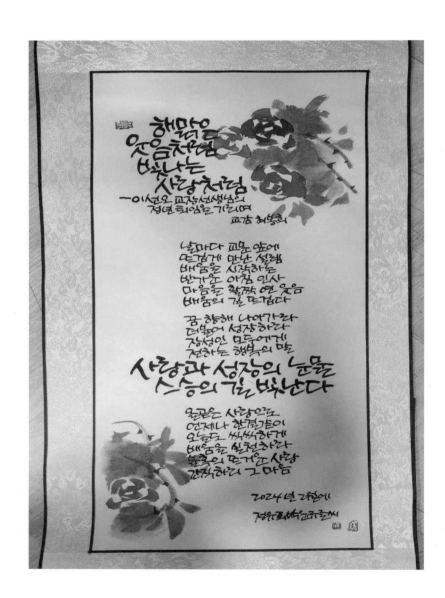

해맑은 웃음처럼 빛나는 사랑처럼

- 이선오 교장 선생님의 정년퇴임을 기리며

날마다 교문 앞에
뜨겁게 만난 설렘
배움을 시작하는
반가운 아침 인사
마음을 활짝 연 웃음
배움의 길 뜨겁다

꿈 향해 나아가라
더불어 성장하라
장성인 모두에게
전하는 행복의 말
사랑과 성장의 눈물
스승의 길 빛난다

올곧은 사랑으로
언제나 한결같이
오늘도 씩씩하게
배움을 실천하라
불혹의 뜨거운 사랑
간직하리 그 마음
- 2024년 2월에

사랑과 봉사의 역사가 되어

- 전윤수 교장 선생님의 정년 퇴임을 기리며

사랑과 봉사의 삶
지켜온 사십여 년
오롯한 스승의 길
언제나 제자 사랑
사랑이 가득한 행복
혼신으로 지켰네

따뜻한 웃음으로
내일을 준비하라
배움을 나누면서
개성을 키우거라
따뜻한 가르침으로
실천해 온 큰 사랑

굳세게 지킨 약속
올곧은 사랑으로
봉사의 소중한 삶
자녀가 이어가니
당신이 지켜온 역사
행복으로 남으리
- 2023. 8. 25

사랑을 위하여
-제24회 청소년적십자 예술제에 부쳐

하늘은 가을 하늘 오늘은 축제의 날
가슴 벅찬 어울림 환호하는 이 함성
당신과 하나 되려고 푸른 들에 섰습니다.

빨갛게 물든 단풍 결이 고와 가을이듯
찬란한 내일을 위해 오늘 하나 되리니
그대여 떨리는 가슴 받아주옵소서

그대여! 듣고 있는가 우리들의 소망을
주고받는 노래마다 흥에 겨운 춤사위
스무해 스쳐온 언덕 다시 서는 이 숨결을

가슴 시린 한 영혼이 여기에 있습니다.
아직도 절망 속에 아픈 영혼 있습니다.
그대여 고백하오니 부족한 이 받으소서

우리 사는 이 세상, 열 번 다시 태어나도
적십자, 소중한 이름 가슴에 새기리니
눈 비벼 다시 보아도 그대는 사랑입니다.

오늘 우리는 한 목소리로 당신께 고백합니다.
가을도 살이 익어 빨갛게 물들듯이
당신을 사랑합니다 사랑합니다 당신을

희망의 촛불 앞에서 맞잡은 손 뜨겁듯이
고운 임 그 옷자락에 보석처럼 빛나리니
적십자 소중한 사랑 활짝 피소서 불꽃처럼

당신의 큰 뜻을 기억하며

- 종자와시인박물관 시비 제막식에서

눈을 뜬 아침 햇살 눈부신 가을 풍경
하늘빛 마음 밝혀 찾아간 연천고을
종자와 시인 박물관 현문로가 정겹다

서로가 감사하듯 눈빛을 나눈 인사
하늘 뜻 고마워서 알알이 영근 은총
거룩한 당신의 큰뜻 가슴속에 품는다

말이 곧 씨가 되는 올곧은 명언처럼
좋은 말 씨앗으로 가슴에 새긴 언어
불효자 가슴이 울컥 어버이가 그립다

당신이 가르친 뜻 하늘의 언어처럼
오늘을 빚은 열정 그릇에 가득 담아
세상과 나누려 하네 행복 품은 큰사랑

참교육자 어머니

- 정금순 님의 구순잔치를 경하하며

여리고 가냘픈 손길 삶의 화원 가꾼 사랑
참교육자 고결한 삶 피어오른 미소처럼
한 평생 펼치신 큰 뜻 어머니 사랑노래

참교육의 어머니로 칠공주와 막내왕자
가꾸는 이랑마다 보람으로 거둔 행복
가슴에 성모마리아 당신의 모습입니다.

열 세송이 손자 손녀 빛나고 아름다워
세상에 밝힌 보람, 언제나 웃음 가득
그 사랑 축복합니다. 행복한 삶 누리소서

온 가족 함께 모여 부르는 행복 노래
이제는 근심 걱정 모두 다 잊으시고
오롯이 행복한 웃음 가슴 깊이 누리소서

어버이 뜻 헤아리며 활짝 핀 가족 사랑
국정 화원 울려 퍼지는 어머니 사랑 노래
영원한 보은의 소망 하늘에도 닿으리니
- 2016년 5월 21일에 최봉희 쓰다.

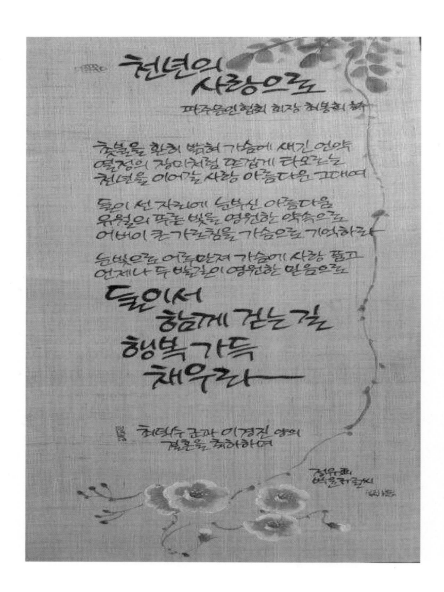

천년의 사랑으로

- 최덕수 군과 이경진 양의 결혼을 축하하며

촛불을 환히 밝혀
가슴에 새긴 언약
열정의 장미처럼
뜨겁게 타오르는
천년을 이어갈 사랑
아름다운 그대여

둘이 선 자리에
눈부신 아름다움
유월의 푸른 빛을
영원한 약속으로
어버이 큰 가르침을
가슴으로 기억하라

눈빛으로 어루만져
가슴에 사랑 품고
언제나 두 발 길이
영원한 믿음으로
둘이서 함께 걷는 길
행복 가득 채워라

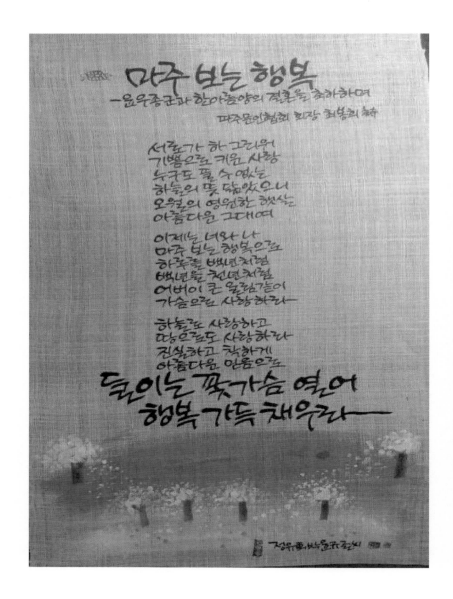

마주 보는 행복
—윤우종군과 한아늘양의 결혼을 축하하며

파주문인협회 회장 최봉희 축시

서로가 하 그리워
기쁨으로 키운 사랑
누구도 풀 수 없는
하늘의 뜻 닿았으니
오월의 영원한 햇살로
아름다운 그대여

이제는 너와 나
마주 보는 행복으로
하루를 백년처럼
백년을 천년처럼
어버이 큰 울림같이
가슴으로 사랑하라

하늘로도 사랑하고
땅으로도 사랑하라
진실하고 착하게
아름다운 안음으로

둘이는 꽃가슴 열어
행복 가득 채우라

마주 보는 행복

– 윤우종 군과 한아름 양의 결혼을 축하하며

서로가 하 그리워
기쁨으로 키운 사랑
누구도 풀 수 없는
하늘의 뜻 알았으니
오월의 영원한 햇살
아름다운 그대여

이제는 너와 나
마주보는 행복으로
하루를 백년처럼
백년을 천년처럼
어버이 큰 울림같이
가슴으로 사랑하라

하늘로 사랑하고
땅으로도 사랑하라
진실하게 착하게
아름다운 믿음으로
둘이는 꽃가슴 열어
행복 가득 채워라

보랏빛 장미처럼

– 오승훈 교감의 명예퇴임을 기리며

빛나는 눈빛으로
올곧게 걸어가신
당신의 걸음걸음
그 발길 아름답네
배움이 삶으로 피는
아름다운 그 열정

평안히 웃으면서
오가는 사랑 말글
따뜻한 배움으로
피어난 행복의 꽃
날마다 나를 아끼며
피어나라 말하네

배움의 텃밭에서
참된 삶 가르치고
사랑을 나누는 정
마을과 함께 한 삶
추억의 행복 갤러리
웃음꽃만 피소서
– 2025.1.17.

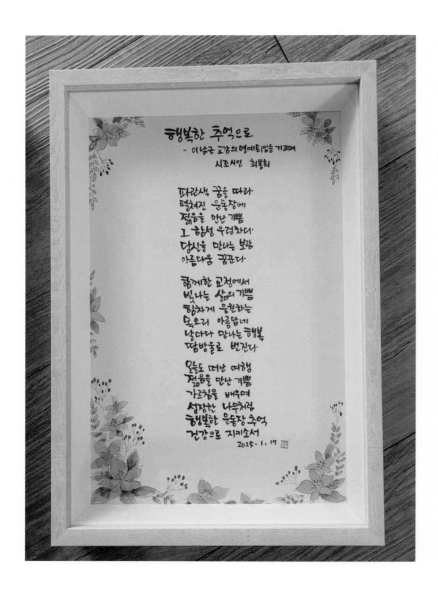

행복한 추억으로
- 이낭근 교감의 명예퇴임을 기념하며
시조시인 최봉희

파란색 꿈을 따라
펼쳐진 운동장에
젊음을 만난 기쁨
그 함성 우렁차다
당신을 만나는 보람
아름다움 꿈꾼다.

함께한 교정에서
빛나는 삶의 기쁨
힘차게 응원하는
목소리 아름답네
날마다 만나는 행복
땀방울로 번진다.

오늘도 떠난 여행
젊음을 만난 기쁨
가르침을 베풀며
성장한 나무처럼
행복한 운동장 추억
건강으로 지키소서
2015. 1. 17

행복한 추억으로

– 이남근 교감의 명예 퇴임을 기리며

파란색 꿈을 따라
펼쳐진 운동장에
젊음을 만난 기쁨
그 함성 우렁차다
당신을 만나는 보람
아름다움 꿈꾼다

함께 한 교정에서
빛나는 삶의 기쁨
힘차게 응원하는
목소리 아름답네
날마다 만나는 행복
땀방울로 번진다

오늘도 떠난 여행
젊음을 만난 기쁨
가르침 늘 배우며
성장한 나무처럼
행복한 운동장 추억
건강으로 지키소서
– 2025.1.17.

제2부

빛난 웃음
멋진 사람

한마음 사랑으로

– 박재일 교감의 정년퇴임을 기리며

한마음 동행으로
올곧게 걸어온 길
창의와 인성으로
내일을 이끈 열정
사랑과 헌신의 걸음
당신의 길 빛나네

오롯이 지킨 교육
그 발길 아름답다
그대의 흔적 따라
새로운 길을 여니
고귀한 사랑의 숨결
생명나무 자란다

열정과 헌신의 혼
오롯한 실천의 삶
이제는 당신의 뜻
가슴에 담습니다
영원히 기억할게요
아름다운 그 마음

한 마음 큰 걸음으로

– 마영호 교장 선생님 정년 퇴임을 기리며

어디서 들려오는 천명이 있었기에
언제나 당신의 고향은 교실이었으리
역사의 굴곡을 달린 큰 함성이었으리

가슴에 품은 헌신 오롯이 밝힌 인생
첫걸음 내딛을 때 오로지 한 마음뿐
당신의 발걸음마다 교정을 밝혔어라

휘이고 꺾이고도 한 마음 획을 긋는
빗방울 돌을 뚫는 주춧돌 낙수처럼
작지만 큰 울림으로 종소리 되었으리

하늘의 가르침을 가슴에 품은 헌신
사랑의 마음으로 꽃 심고 나무 심고
한마음 큰 걸음으로 세상을 빛냈어라

봉사의 이름으로 가슴에 품은 역사
우리는 하나다 세상에 외친 함성
당신이 앞장선 사랑 우리 모두 따르리

봄빛에 부는 바람 희망의 배 띄우라
못다 한 사도의 길 돛단배에 옮겨 싣고
추억의 그리운 이름 행복의 노 저으시라

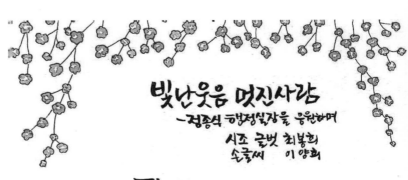

빛난웃음 멋진사람
-정종석 행정실장을 응원하며
시조 글벗 최봉희
손글씨 이양희

정으로
따뜻한 맘
해맑은 웃음 가득

종소리
울린 교정
만나면 행복이다

식물이
뻗어간 사랑
하늘 가득 펼쳐라

빛난 웃음 멋진 사람
- 정종식 행정실장을 응원하며

정으로
따뜻한 맘
해맑은 웃음 가득

종소리
울린 교정
만나면 행복이다

식물이
뻗어간 사랑
하늘 가득 펼쳐라

견우직녀의 사랑으로

김영선군과 임지현양의 화혼을 축하하며

시조 글벗 최봉희

온롯한 그리움이
꿈꾸는 사랑이라
기다린 세월 속에
추억은 아름답다
마침내 따뜻한 걸음
행복 찾아 가는 길

흰구름 새털구름
신나게 춤을 추고
은하수 물결 속에
초록빛 싱그러움
눈부신 사랑의 노래
둘이 함께 부르리

눈부신 꽃잔치는
곱다란 행복으로
칠월의 푸른 사랑
신나는 행복출발
원앙새 함께하는 꿈
영원무궁 빛나리

2024. 7. 13

견우직녀의 사랑으로

– 진영선 군과 임지현 양의 화혼을 축하하며

오롯한 그리움이
꿈꾸는 사랑이라
기다린 세월 속에
추억은 아름답다
마침내 따뜻한 걸음
행복 찾아 가는 길

흰 구름 새털구름
신나게 춤을 추고
은하수 물결 속에
초록빛 싱그러움
눈부신 사랑의 노래
둘이 함께 부르리

눈부신 꽃잠 자는
곱다란 행복으로
칠월의 푸른 사랑
신나는 행복 출발
원앙새 함께 하는 꿈
영원무궁 빛나리
– 2024. 7. 13

푸른빛 사랑으로

- 김창원 군과 이재민 양의 화혼을 축하하며

유월의 늘 푸른빛
빛나는 사랑처럼
인생의 아름다운
행복한 순간이여
하늘의 눈부신 축복
멋진 행진 예뻐라

언제나 함께하며
어여삐 웃는 모습
행복을 바라보는
그 모습 아름답다
언제나 눈부신 사랑
함께 웃는 큰 기쁨

둘이 선 자리마다
빛나는 아름다움
유월의 푸른 빛을
영원한 약속으로
둘이서 함께 걷는 길
행복 가득 채워라
- 2024년 6월 23일

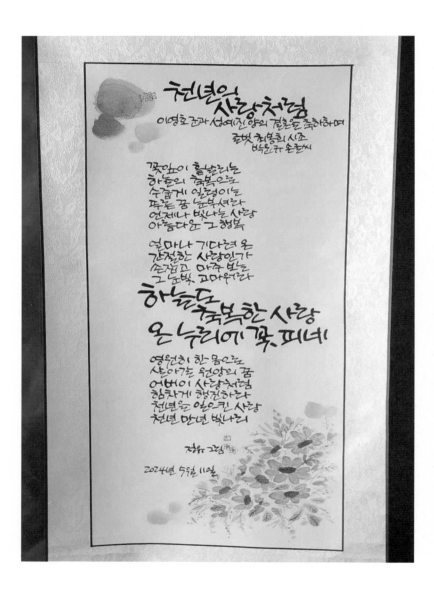

천년의
사랑처럼
이영호 군과 성여진 양의 결혼을 축하하며
글벗 최봉희 시조
늘푸른 김 춘홀씨

꽃잎이 흩날리는
하늘의 축복으로
수줍게 일렁이는
푸른 꿈 눈부셔라
언제나 빛나는 사랑
아름다운 그 행복

얼마나 기다려 온
간절한 사랑인가
손잡고 마주 보는
그 눈빛 고마워라

하늘도 축복한 사랑
온 누리에 꽃 피네

영원히 한 몸으로
살아가는 원앙의 꿈
어버이 사랑처럼
힘차게 행진하라
천년을 일으킨 사랑
천년 만년 빛나리

정유 그림

2024년 5월 11일

천년의 사랑처럼

– 이영호 군과 성예진 양의 결혼을 축하하며

꽃잎이 흩날리는
하늘의 축복으로
수줍게 일렁이는
푸른 꿈 눈부셔라
언제나 빛나는 사랑
아름다운 그 행복

얼마나 기다려 온
간절한 사랑인가
손 잡고 마주 보는
그 눈빛 고마워라
하늘도 축복한 사랑
온 누리에 꽃 피네

영원한 한 몸으로
살아갈 원앙의 꿈
어버이 사랑처럼
힘차게 행진하라
천년을 일으킨 사랑
천년만년 빛나리
– 2024년 5월 11일

열매달의 사랑처럼

- 김주완 군과 이나연 양의 화혼을 축하하며

하늘이 맺은 인연
운명이 이끈 만남
온몸을 감싸안듯
고옵게 자란 기쁨
어버이 사랑을 닮아
신랑 각시 예뻐라

한길을 걸어가는
오롯한 사랑으로
두 사람 하나되어
더 없는 기쁨일세
한마음 사랑의 기쁨
아름다운 그 축복

어여쁜 믿음으로
둘이서 가꾼 보람
날마다 넘친 미소
마음껏 누리소서
가을에 거두는 사랑
열매달의 큰 행복
- 2023년 9월 16일

RCY 꿈과 희망을 심다
- 청소년 적십자 창립 70주년에 부쳐

시조 글벗 최봉희
손글씨 도남 이양희

태어나 처음 만난
꿈나무 희망나무
한그루 심은 희망나무
꿈자라 희망 되고
어느덧 적십자 나무
평화의 숲 이루네

꿈 심어 꽃이 피니
온누리 평화로다-
서로가 나눔으로
온누리 함께 살자-
아프며 크는 나무들
서로 함께 보듬자

함께한 70주년
오래 사랑으로
세상에 심은 씨앗
꽃피고 열매 맺네
힘차게 노래 부르며
함께 가자- RCY

2021년 5월

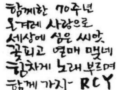

RCY 꿈과 희망을 심다
- 청소년 적십자 창립 70주년에 부쳐

태어나 처음 만난
꿈나무 희망 나무
한그루 심은 사랑
꿈 자라 희망 되고
어느덧 적십자 나무
평화의 숲 이루네

꿈 심어 꽃이 피니
온 누리 평화로다
서로가 나눔으로
온 누리 함께 살자
아프며 크는 나무들
서로 함께 보듬자

함께 한 70주년
온 겨레 사랑으로
세상에 심은 씨앗
꽃 피고 열매 맺네
힘차게 노래 부르며
함께 가자 RCY

함께한 70년, 함께가자 RCY
    - 청소년 적십자 70주년에 부쳐
         시조 글벗 허분희
         손글씨 도담 이양희

푸른 꿈 하늘 높이
샘솟는 우리 사랑
한 마음 뜻을 모아
희망을 전하는 나눔
청소년 적십자 사랑
평화의 꽃 피었네

사랑과 봉사로써
희망의 나무 심고
세상에 꿈을 심는
평화의 숲 만드세
눈부신 청소년의 꿈
행복의 숲 만들지-

전쟁의 아픈 상처
이겨낸 나무심기
희망의 아름으로
함께한 70주년
활짝 핀 적십자 사랑
함께하자 RCY
          2023년 5월

함께 한 70년, 함께 가자 RCY

- 청소년 적십자 창립 70주년에 부쳐

푸른 꿈 하늘 높이
샘솟는 우리 사랑
한 마음 뜻을 모아
희망을 전한 나눔
청소년 적십자 사랑
평화의 꽃 피었네

사랑과 봉사로써
희망의 나무 심고
세상에 꿈을 심는
평화의 숲 만드세
눈부신 청소년의 꿈
나눔의 날 만들자

전쟁의 아픈 상처
이겨낸 나무 심기
희망의 이름으로
함께 한 70주년
활짝 핀 적십자 사랑
함께 하자 RCY

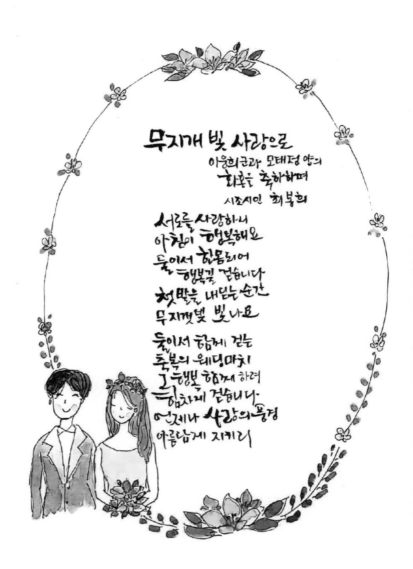

무지개 빛 사랑으로
아웅희군과 모태정 양의
화혼을 축하하며
시조시인 최복희

서로를 사랑하니
아침이 행복해요
둘이서 한몸되어
행복길 걷습니다
첫발을 내딛는 순간
무지갯빛 빛나요

둘이서 함께 걷는
축복의 웨딩마치
그 행복 함께 하려
힘차게 걷습니다
언제나 사랑의 풍경
아름답게 지키리

무지갯빛 사랑으로

- 이웅희 군과 모태정 양의 화혼을 축하하며

서로를 사랑하니
아침이 행복해요
둘이서 한 몸 되어
행복길 걷습니다
첫발을 내딛는 순간
무지갯빛 빛나요

둘이서 함께 걷는
축복의 웨딩마치
그 행복 함께 하려
힘차게 걷습니다
언제나 사랑의 풍경
아름답게 지키리

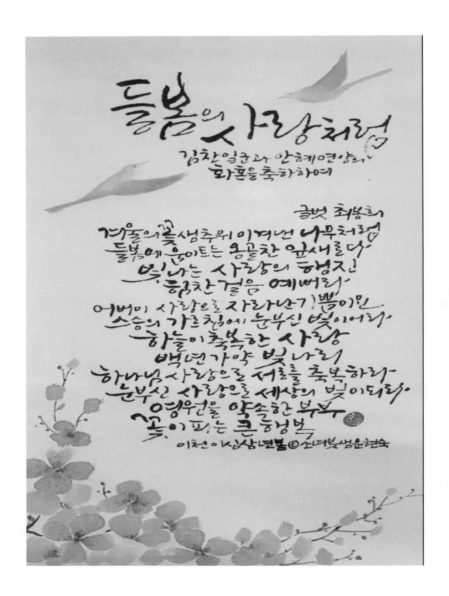

들봄의 사랑처럼
김찬일군과 안혜연양의
화혼을 축하하며

글벗 최봉희

겨울의 끝 생추위 이겨낸 나무처럼
들봄에 움이 트는 옹골찬 잎새로다
빛나는 사랑의 행진
힘찬 걸음 예뻐라
어버이 사랑으로 자라난 기쁨이요
스승의 가르침에 눈부신 빛이어라
하늘이 축복한 사랑
백년가약 벗 나리
하나님 사랑으로 서로를 축복하라
눈부신 사랑으로 세상의 빛이 되라
영원을 약속한 부부
꽃이 피는 큰 행복

이천 이십삼년 빛벗 소녀부생윤현숙

들봄의 사랑처럼

– 김찬일 군과 안혜연 양의 화혼을 축하하며

겨울의 꽃샘 추위
이겨낸 나무처럼
들봄에 움이 트는
옹골찬 잎새로다
빛나는 사랑의 행진
힘찬 걸음 예뻐라

어버이 사랑으로
자라난 기쁨이요
스승의 가르침에
눈부신 빛이어라
하늘이 축복한 사랑
백년가약 빛나네

하나님 사랑으로
서로를 축복하라
눈부신 사랑으로
세상의 빛이 되라
영원을 약속한 부부
꽃이 피는 큰 행복
– 2023.2.18.

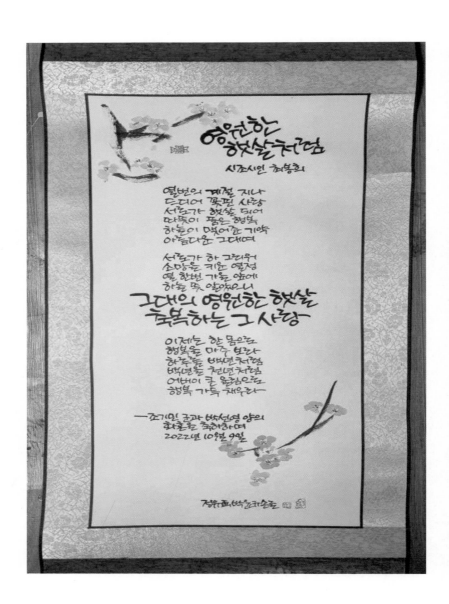

영원한 햇살처럼

- 조기민 군과 박선영 양의 화혼을 축하하며

열 번의 계절 지나
드디어 꽃핀 사랑
서로가 햇살 되어
따뜻이 품은 행복
하늘이 맺어준 가약
아름다운 그대여

서로가 하 그리워
소망을 키운 열정
열 한번 가을 앞에
하늘 뜻 알았으니
그대의 영원한 햇살
축복하는 그 사랑

이제는 한 몸으로
행복을 마주 보라
하루를 백년처럼
백년을 천년처럼
어버이 큰 울림으로
행복 가득 채우라
- 2022년 10월 9일

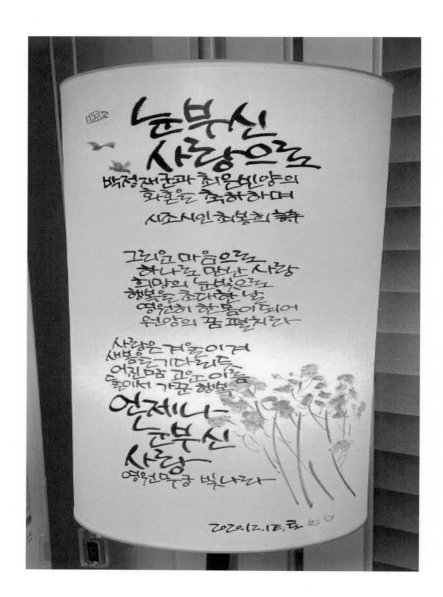

눈부신 사랑으로

- 박정재 군과 최은빈 양의 화혼을 축하하며

그리운 마음으로
하나로 만난 사랑
희망의 눈빛으로
행복을 초대한 날
영원히 한 몸이 되어
원앙의 꿈 펼치라

사랑은 겨울 이겨
새봄을 기다리듯
어진 맘 고운 이름
둘이서 가꾼 행복
언제나 눈부신 사랑
영원무궁 빛나라

- 2020. 12. 12.(토)

함께 가는 길
- 김현욱 군과 여혜지 양의 결혼을 축하하며

청명한 푸른 하늘 드높은 아름다움
저 햇살 결을 따라 지혜로 핀 어여쁜 꿈
시월에 연리지 사랑 마주 잡은 한 마음

햇살이 매만지는 능금의 홍조처럼
달빛이 어우르는 빛나는 사랑 언약
어버이 그 크신 사랑, 가지 끝에 농익다

강이면 산을 안고 산이면 강을 품어
철마다 피어난 꽃 열매로 익어가듯
고운 님 함께 가는 길 행복으로 걸어라

2015. 10. 31

푸른 꿈 날개 펴듯

– 파주시 청소년 상담지원센터 개소 10주년에 부쳐

 푸른 산 작은 잎새 푸른 꿈 날개 펴듯
청소년은 미래다 꿈이다 희망이다
오늘을 담금질한다 푸른 내일 위하여

비바람 몰아치고 눈보라 몰려와도
꿈 먹고 자란 시간 달려온 십년 세월
푸른 꿈 아름다운 꽃 귀한 열매 맺었다.

조바심 시린 가슴 옥죈 맘 열다보니
내일을 꿈꾸는 곳 파주시 상담센터
얼씨구 행복한 가슴 함박웃음 피었다.

때로는 무서리에 아픈 가슴 많지마는
내일을 준비하는 푸른 꿈 익어가고
한바탕 싱그런 웃음 푸른 내일 영근다

청소년은 미래다 우리의 소망이다
아픈 맘 찾아오면 사랑을 활짝 열고
오늘도 행복한 가슴 푸른 나무 심는다

푸른 산 작은 잎새 푸른 꿈 날개 펴듯
파주시 행복쉼터 청소년 상담센터
언제나 행복한 웃음 영원무궁 피거라

제3부

행복한 사랑으로

동행

송영채군과 김보영양의 결혼을 축하하며

최병희해

낯룰과 씨룰로 만나
하늘이 맺은 연분
은총의 섭리 따라
하늘이 주신 축복
이제는
소망을 엮어
천년 옷을 입었어요

온 누리 수놓듯이
올곧게 맺은 약속
하늘의 비나리로
미쁨과 사랑으로
어질고
고운 꿈길에
행복 열매 거두소서

동행

- 송영채 군과 김보영 양의 결혼을 축하하며

날줄과 씨줄로 만나
하늘이 맺은 연분
은총의 섭리 따라
하늘이 주신 축복
이제는
소망을 엮어
천년 옷을 입었어요.

온 누리 수놓듯이
올곧게 맺은 약속
하늘의 비나리로
미쁨과 사랑으로
어질고
고운 꿈길에
행복 열매 거두소서.

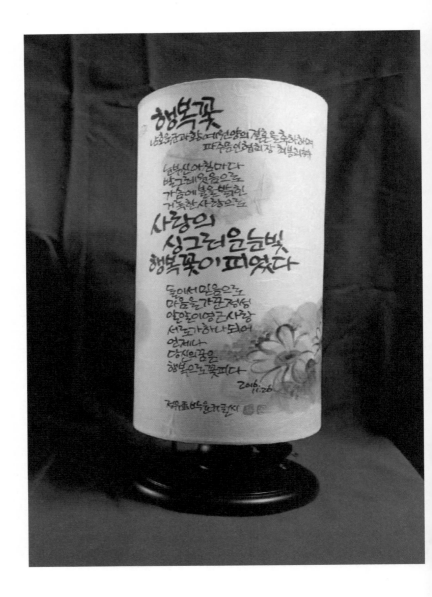

74_ 사랑꽃 4

행복꽃

― 남효욱 군과 황예원 양의 결혼을 축하하며

눈부신 아침마다
발그레 웃음으로
가슴에 불을 밝힌
거룩한 사랑으로
사랑의 싱그런 눈빛
행복꽃이 피었다.

둘이서 믿음으로
마음을 가꾼 정성
알알이 영근 사랑
서로가 하나 되어
언제나 당신의 꿈은
행복으로 피었다

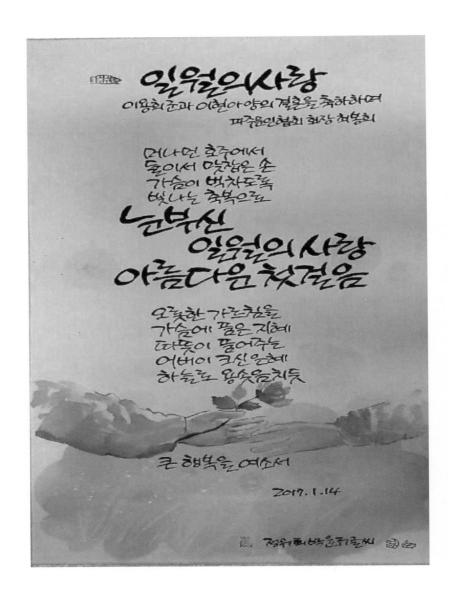

1월의 사랑

- 이용희 군과 이현아 양의 결혼을 축하하며

머나먼 호주에서
둘이서 맞잡은 손
가슴이 벅차도록
빛나는 축복으로
눈부신 일월의 사랑
아름다운 첫걸음

오롯한 가르침을
가슴에 품은 지혜
따뜻이 품어주는
어버이 크신 은혜
하늘로 용솟음 치듯
큰 행복을 여소서

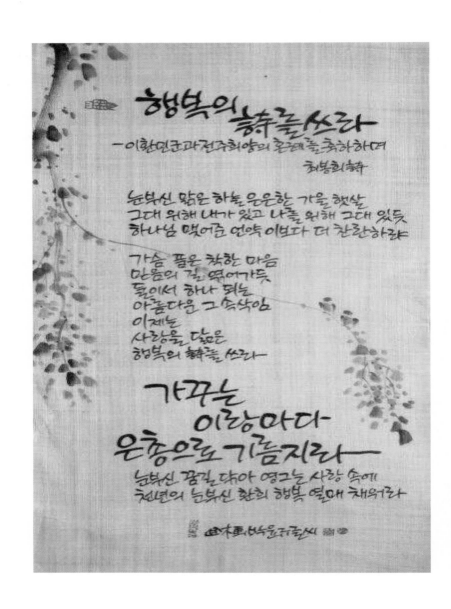

행복의 노래를 쓰라
— 이환연군과전주희양의 혼례를 축하하며
최봉희 詩

눈부신 맑은 하늘 은은한 가을 햇살
그대 위해 내가 있고 나를 위해 그대 있듯
하나님 맺어준 언약 이브다 더 찬란하라

가슴 풀은 착한 마음
알음의 길 엮어가듯
둘이서 하나 되는
아름다운 그 속삭임
이제는
사랑을 닮은
행복의 노래를 쓰라

가꾸는
이랑마다
은총으로 기름지라

눈부신 꿈길 닿아 영그는 사랑 속에
천년의 눈부신 찬희 행복 열매 채워라

행복의 시를 쓰라

- 이환민 군과 전주희 양의 혼례를 축하하며

눈부신 맑은 하늘 은은한 가을 햇살
그대 위해 내가 있고 나를 위해 그대 있듯
하나님 맺어준 언약 이보다 더 찬란하랴

가슴 품은 착한 마음 믿음의 길 엮어가듯
둘이서 하나 되는 아름다운 그 속삭임
이제는 사랑을 닮은 행복의 시를 쓰라

가꾸는 이랑마다 은총으로 기름지라
눈부신 꿈길 닦아 영그는 사랑 속에
천년의 눈부신 환희 행복 열매 채워라

사랑의
꽃망울처럼
한성권군과 차혜지양의 혼례를 축하하며
최봉희 詩

두 줄기 냇물이 하나되어 흐르듯이
한마음 한눈질이 큰사랑 되었듯이
둘이서 아주 뜨겁게 하나됨을 배우라

사랑이 백년이면 어버이 은혜 넘어서라
믿음이 천년이면 스승의 은혜 건너서라
행복이 만년이라면
하늘의 뜻 헤아리라

어버이 크신 사랑 늘 보라 가스친 자리
높고도 넓으신 뜻 하늘같고 바다같아
꽃망울 백년가약을 그 열매로 보답하라

사랑의 꽃망울처럼
-한성규 군과 차혜지 양의 혼례를 축하하며

두 줄기 냇물이 하나 되어 흐르듯이
한 마음 한 눈길이 큰 사랑 되었듯이
둘이서 아주 뜨겁게 하나 됨을 배우라

사랑이 백 년이면 어버이 은혜 넘어서랴
믿음이 천년이면 스승의 은혜 건너서랴
행복이 만년이라면 하늘의 뜻 헤아리라

어버이 크신 사랑 눈보라가 스친 자리
높고도 넓으신 뜻 하늘 같고 바다 같아
꽃망울 백년가약을 그 열매로 보답하라

당신은 사랑입니다.

- 김영두 군과 김세연 양의 결혼을 축하하며

한마음 꽃등 밝힌 오늘은 행복한 날
서로가 뜻을 모아 가슴에 품으리니
우리들 행복한 소망 온누리에 펼치는 날

그대여 보고 있나요 우리들의 사랑을
오고 가는 가슴마다 감동 큰 메아리
어느덧 행복한 웃음 다시 서는 이 숨결

청실홍실 곱게 엮어 결이 고은 사랑이듯
찬란한 내일 위해 오늘 하나 되리니
둘이서 한마음 사랑 참행복이 되소서

함께 사는 이 세상을 수만 번 태어나도
당신의 소중한 이름 가슴에 품으리니
눈 비벼 다시 보아도 당신은 사랑입니다

영원한 축복
- 최용석 군과 이미진 양의 결혼을 축하하며

오롯한 만남으로
가슴 떨린 추억들
둘이의 어울림이
하나 되기 위하여
한마음 영원한 사랑
가슴 벅찬 이 행복

큰 배움 이끌어주신
스승님 본받아서
어버이 기억하는
은혜는 뜨거워라
언제나 깊고 큰 사랑
가슴 품은 울림이여

하늘로 사랑하고
땅으로도 사랑하여
진종일 행복으로
사랑을 꽃 피우라
언제나 영원한 축복
아름다운 그대여

영원한 사랑

- 윤현준 군과 배윤정 양의 결혼을 축하하며

고운 빛 가득 담은
화사한 햇살처럼
정갈한 마음들이
물색 곱게 나래 펴고
첫눈이 가슴에 오듯
사랑의 등 켜든다

산에는 눈빛 가득
들에는 웃음 가득
어버이 너른 은혜
가슴 속 채워가듯
둘이서 뜨거운 눈길
아름다운 약속이여

하늘이 열리듯이
가슴으로 사랑하라
오롯이 오직 한 임
언제나 행복하라
함께 할 영원한 사랑
하늘의 뜻 펼쳐라

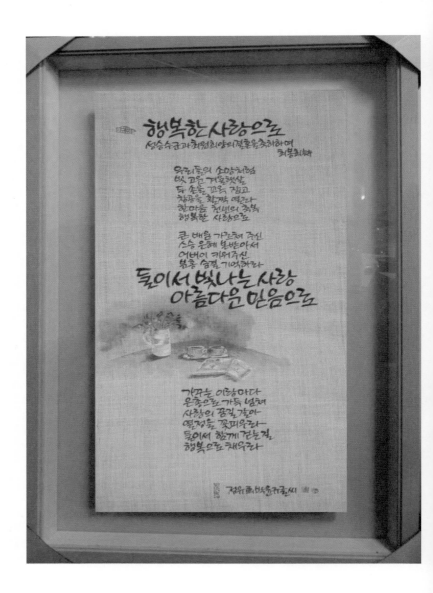

행복한 사랑으로
- 성승수 군과 최원희 양의 결혼을 축하하며

우리들의 소망처럼
빛 고운 겨울 햇살
두 손을 꼬옥 잡고
창공을 활짝 열라
한마음 천년의 축복
행복한 사랑으로

큰 배움 가르쳐 주신
스승 은혜 본받아서
어버이 키워주신
분홍 숨결 기억하라
둘이서 빛나는 사랑
아름다운 믿음으로

가꾸는 이랑마다
은총이 가득 넘쳐
사랑의 꿈길 갈아
열정을 꽃 피우라
둘이서 함께 걷는 길
행복으로 채우라

오월의 사랑처럼

- 김명수 군과 이슬비 양의 결혼을 축하하며

꽃잎이 걸어오는
오월의 들녘 타고
수줍게 홍조 띤 얼굴
열광이 눈부시다
저 하늘 어버이처럼
심어 가꾼 그 사랑

그 얼마나 기다려 온
눈부신 사랑인가
손잡으면 대낮처럼
밝히는 불꽃처럼
온 누리 사랑을 심고
가슴마다 넘쳐라

풍요가 넘쳐가듯
원앙의 꿈 그윽하다
어버이 그림자가
강물 되어 흐르는 날
천년을 일으킨 사랑
천년만년 이어가라

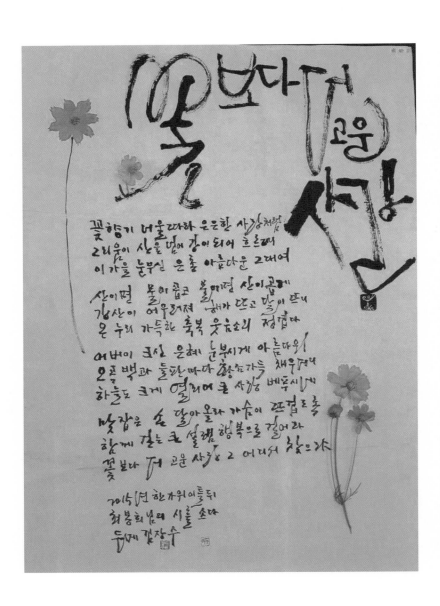

꽃보다 고운 사랑

꽃향기 너울 따라 은은한 사랑처럼
그리움이 산을 넘어 강이 되어 흐르네
이 가을 눈부신 은총 아름다운 그대여

산이편 물이 곱고 물에 비껴 산이 곱게
강산이 어우러져 해가 뜨고 달이 뜨니
온 누리 가득한 축복 웃음소리 청랑다

어버이 크신 은혜 눈부시게 아름다워
오곡 백과 들판마다 향기 가득 채우면서
하늘도 크게 열리어 큰 사랑 베푸시네

빛깔을 손 달아올라 가슴이 뜨겁도록
함께 걷는 그 설렘 행복으로 걸어라
꽃보다 더 고운 사랑 그 어디서 찾을까

2015년 한가위 이튿날
허봉희 님의 시를 쓰다
둔재 김장수

92_ 사랑꽃 4

꽃보다 더욱 고운 사랑

- 제자 신호석 군과 최시내 양의 짝맺음을 축하하며

꽃향기 너울 따라 은은한 사랑처럼
그리움이 산을 넘어 강이 되어 흐르더니
이 가을 눈부신 은총 아름다운 그대여

산이면 물이 곱고 물이면 산이 곱게
강산이 어우러져 해가 뜨고 달이 뜨니
온 누리 가득한 축복 웃음소리 정겹다

어버이 크신 은혜 눈부시게 아름다워
오곡백과 들판마다 황금 가득 채우더니
하늘도 크게 열리어 큰사랑 베푸시네

맞잡은 손 달아올라 가슴이 뜨겁도록
함께 걷는 큰 설렘 행복으로 걸으라
꽃보다 더 고운 사랑 그 어디서 찾으랴

- 2015년 한가위 이틀 뒤 최봉희 시를 쓰고 두메 김
장수 글씨 쓰다

94_ 사랑꽃 4

사랑꽃

- 오세현 군과 차경미 양의 결혼을 축하하며

한 생명 간절하여
첫 향을 품었더니
설레는 꽃함성들
천지를 뒤덮듯이
사랑은 눈부신 햇살
아름답게 피었다.

그대를 사랑하여
가슴에 품는 순간
설레는 마음 따라
흐르는 시간 따라
발그레 행복한 웃음
온 누리에 피었다

■ 글벗시선 222 최봉희 여덟 번째 시조집
  - 축시와 헌시 모음집

사랑꽃

인 쇄 일 2025년 4월 20일
발 행 일 2025년 4월 20일
지 은 이 최 봉 희
펴 낸 이 한 주 희
편집주간 최 봉 희
펴 낸 곳 도서출판 글벗
출판등록 2007. 10. 29(제406-2007-100호)
주   소 경기도 파주시 와석순환로 16,(야당동)
         롯데캐슬파크타운 905동 1104호
홈페이지 http://cafe.daum.net/geulbutsarang
E-mail pajuhumanbook@hanmail.net
전화번호 010-2442-1466
팩   스 031-957-7319
정   가 15,000원
I S B N 978-89-6533-293-0 04810
* 잘못된 책은 바꿔 드립니다.